ÉPITRE

A

MESSIEURS LES FUMEURS

PARIS

IMPRIMERIE CENTRALE DE NAPOLÉON CHAIX ET Cᵉ

Rue Bergère, N° 20

1856

ÉPITRE

À

MESSIEURS LES FUMEURS

~~~~~~~~~~~

PARIS

IMPRIMERIE CENTRALE DE NAPOLÉON CHAIX ET Cᵉ,

RUE BERGÈRE, Nᵒ 20.

1856

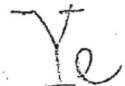

ÉPITRE

MESSIEURS LES FUMEURS

———

Non, je n'ai rien à dire au paisible fumeur
Qui, dans son coin discret absorbant sa vapeur,
Se livrant à ses goûts sans offenser les vôtres,
Se contente lui-même en respectant les autres.
Je conçois des plaisirs plus purs, plus délicats ;
Mais on peut tolérer ce qu'on n'applaudit pas.
Si mon nez reste sauf, si du fâcheux cigare,
Une distance honnête, un bon mur me sépare,

Je n'ai pour son fumeur ni mépris ni courroux ;
On ne peut disputer des couleurs ni des goûts.

Mais pour cet effronté, qui vient en ma présence
De son poison maudit exhaler la licence,
Et qui, de son plaisir me faisant un ennui,
Dans son ébat hostile attente au nez d'autrui,
C'est trop souffrir ! Il faut aujourd'hui que ma muse
Au tribunal public le traduise et l'accuse,
Et, dût-il s'irriter de ma sincérité,
Lui montre en un miroir sa laide nudité.
S'irriter ! en quoi donc oserait-il s'en plaindre ?
A flatter son travers qui pourrait me contraindre ?
Boileau s'est bien permis de railler les auteurs,
Lesage les traitants, Molière les docteurs.
L'engeance des fumeurs qui sous nos yeux fourmille
Se croit-elle, après tout, de meilleure famille ?
D'ailleurs, quand je combats ce qui choque mes sens,
Suis-je donc l'agresseur ou si je me défends ?

D'une incivilité quand on me rend victime,

La plainte, même acerbe, est de droit légitime.

À ceux que vous blessez faut-il mettre un bâillon ?

N'offensez pas l'abeille, ou souffrez l'aiguillon.

A toi donc qui, la pipe ou le cigare en bouche,

Vas narguant le public que ton souffle effarouche,

Promenant en tous lieux d'un parfum détesté

Et la senteur immonde et l'amère âcreté ;

A toi qui, sans respect pour le sexe ni l'âge,

Par un long camouflet vas marquant ton passage ;

Tu blesses pour toi seul tout le monde, et tu crois

De la société n'enfreindre pas les lois !

Tu veux que nous portions avec indifférence

De tes honteux cadeaux et la gêne et l'offense !

Mais dis-moi : quand, lassé des courses du matin,

A ton retour à table assis près d'un festin,

Du perdreau succulent, de la truffe odorante,

Tu savoures de l'œil la vue appétissante,

Si j'allais, te gâtant ces dons heureux du ciel,

Répandre sur tes mets ou l'absinthe ou le fiel ;

Quand ton gosier, séché par l'arène poudreuse,

Implore d'un vin pur la fraîcheur chaleureuse,

Et qu'un amphitryon t'adresse en souriant

Le pomard généreux ou l'aï pétillant,

Si j'accourais soudain, malfaisante harpie,

Verser dans tes flacons le vinaigre ou la lie :

D'un acte si sauvage, à bon droit révolté,

Quels noms n'aurais-tu pas pour ma brutalité !

Oui, l'acte en serait digne, et je te l'abandonne.

Mais le tien donc, quel nom veux-tu que je lui donne,

Quand tu viens nous souiller par ton souffle infecteur,

L'air, de notre poitrine aliment bienfaiteur,

Mêlant à ce festin que nous sert la nature

De ton affreux tabac l'exhalaison impure ?

Aujourd'hui, grâce à vous, on ne peut sans effroi

Mettre pour un instant le nez hors de chez soi.

Du cigare insolent, de la pipe incongrue,

L'émeute en tabagie a transformé la rue.

Entrez dans ces jardins où respirait Paris,

Où les tendres lilas, les orangers fleuris

Parfumaient autrefois l'atmosphère embaumée;

Leur arome aujourd'hui se perd dans la fumée.

De ce doux paradis ils ont fait un enfer :

On y prend le tabac au lieu d'y prendre l'air.

En France, au temps jadis, régnait une déesse

Qu'on n'y connait plus guère : elle eut nom Politesse.

Par un échange heureux d'égards, d'urbanité,

Elle prêtait un charme à la société,

Aux lois de la décence enseignait à s'astreindre,

Sévère, pour autrui forçait à se contraindre;

Et, par les procédés conciliant les cœurs,

Réprimait l'égoïsme et décorait les mœurs.

Deux préceptes divins fondaient sa loi suprême :

Le respect du prochain, le respect de soi-même ;

Mais celui qu'en ces vers j'interpelle aujourd'hui,

Quel respect montre-t-il du prochain ou de lui ?

S'il manque, en l'infectant, au public qu'il offense,

Croit-il envers lui-même observer la décence ?

Qui veut se respecter ne va point à nos yeux

S'offrir en tout état, en tout temps, en tous lieux ;

Jaloux de se montrer sous un aspect qui plaise,

Il se met à l'écart s'il veut se mettre à l'aise.

La fumée a pour vous des charmes tout-puissants :

Fumez seuls, au logis, sans témoins, j'y consens ;

Mais, de grâce, à quoi bon m'offrir en étalage

Des sensualités du moins sublime étage ;

Aux cours, aux boulevards, sans honte m'approcher,

Et me forcer de voir ce que l'on doit cacher ?

Il est plus d'un plaisir qu'on goûte et qu'il faut taire,

Des satisfactions qu'on voile de mystère ;

Certains contentements dont les secrets appas

Peuvent se rechercher, mais ne s'affichent pas.

Pardon pour le gros mot que tout bas j'articule ;

Mais qu'un fumeur public me semble ridicule !

Voyez errer sans but ses regards négligents ;

Voyez comme avec grâce il fait la moue aux gens ;

De son mufle allongé quelle pointe s'élance !

De quelque sanglier serait-ce la défense ?

Diriez-vous pas DENTUE (on sait quel est ce nom)

Brandissant cette dent que nous peint Hamilton? (1)

Puis, tandis que dans l'air sa vapeur se dégage,

Voyez la gravité peinte sur son visage;

Comme il paraît sentir, en un pareil instant,

Toute la majesté de cet acte important !

Absorbé tout entier dans son extase étrange,

Il ne voit, n'entend rien, pour rien ne se dérange.

Chacun autour de lui murmure : « Ah! quelle odeur!

» Que cet homme est grossier! fi! le dégoût! l'horreur! »

Lui passe imperturbable, avalant sa fumée,

De l'air tranquille et fier d'un général d'armée.

Eh bien! non, je l'avoue, un tel rôle à mes yeux

N'a rien du tout d'aimable et rien de glorieux.

Ici pourtant chacun est son juge suprême

Et peut faire à son gré bon marché de lui-même;

(1) Voir *Histoire* de *Fleur-d'Épine.*

Mais qu'il manque d'égards, de respect pour autrui,

C'est là surtout, c'est là ce que je blâme en lui ;

C'est ce sans-gêne altier, ce pimpant-égoïsme,

Dont chacun sent au loin s'exhaler le cynisme.

L'homme qu'ici je peins semble ne savoir pas

Qu'il existe hors lui des êtres ici-bas ;

Ou s'il le sait, il voit la pauvre espèce humaine

Comme un noble baron les serfs de son domaine :

Nous autres, — lui du moins semble l'entendre ainsi, —

Nous sommes tous vilains, fumables à merci.

Suzerain dédaigneux, voyez comme il tient compte

Du déplaisir qu'il fait, des plaintes qu'il affronte.

Dans tous nos lieux publics, de son bizarre encens,

Il jette et le déboire et l'insulte aux passants.

Qu'il entre en nos beaux parcs, dont il fait son empire,

C'est pour empoisonner l'air que l'on y respire ;

Son brûlot, du bazar enfume les trésors,

De nos chemins de fer infecte les abords ;

Jusque dans ses foyers, fléau de sa famille,

Il opprime sa femme, et fait peur à sa fille,

Réduite à redouter, dans les jours solennels,

L'effroyable senteur des baisers paternels ;

Car, même en s'éteignant, l'instrument de dommage

Laisse encor pour longtemps trace de son passàge.

Dans les cercles, aux bals, à la jeune beauté

Il inflige en sultan son hommage empesté.

D'autres fois, plus grossier, plus digne encor de blâme,

Vous le verrez fumer même au bras d'une femme...

Certain qu'à mille gens ses goûts sont odieux,

Va-t-il en réprimer l'essor injurieux ?

Non, pour lui, vous fâcher c'est chose indifférente ;

Enrage l'univers, pourvu qu'il se contente !

Encor, s'il s'agissait de ces besoins jaloux,

Impérieux instincts qui naissent avec nous,

Qu'en tout temps, qu'à tout prix il nous faut satisfaire,

Tout en blâmant l'abus, je serais moins sévère.

Je veux bien que l'on juge avec quelque faveur

L'amoureux, le gourmet, ou même le buveur,

Puisque du ciel enfin la sagesse profonde

Veut qu'on boive et qu'on mange, et que l'on vienne au monde;

Mais, en nous façonnant, la main du Créateur

N'a pas mis du tabac l'instinct dans notre cœur :

Le ciel, quand de l'hymen il féconde la couche,

Ne fait pas naître l'homme un cigare à la bouche.

Ce vice, où nous voyons trop de gens s'obstiner,

Ne vient pas de lui-même : il faut se le donner;

Il faut même, dit-on, par quelque persistance

Des sens d'abord blessés vaincre la résistance.

Non, ce tic, dont l'excès brave l'honnêteté,

N'est pas né du besoin, mais de la volonté.

Qu'à ce triste penchant le peuple s'abandonne,

C'est le peuple, et ce nom fait que je lui pardonne.

De l'éducation les secours bienfaiteurs

N'ont pu polir ses sens ni cultiver ses mœurs;

Indulgence à celui qui, sortant du village,

N'eut le temps d'épurer ses goûts ni son langage

D'ailleurs, le peuple est pauvre : en ses rares loisirs,
Il n'a point, comme vous, le choix de ses plaisirs ;
Il ne peut, attiré par les jeux de la scène,
Sous les traits de Rachel acclamer Melpomène,
Humer le doux nectar des chants de Rossini,
Tendre une oreille émue aux accents d'Alboni ;
Sur un char diligent promener sa paresse,
Sur le duvet soyeux assoupir sa mollesse,
S'étourdir au roulis des bals voluptueux,
S'asseoir, joyeux convive, aux banquets somptueux.
Il faut bien cependant qu'il charme sa misère :
Il fume ; on le comprend, il n'a pas mieux à faire.
Mais vous, libres d'atteindre aux plaisirs délicats,
Pourquoi lui disputer ceux qui ne le sont pas ?
Au cocher, au manœuvre, au garçon d'écurie,
Pourquoi ne pas laisser leur volupté chérie,
Et pouvant en choisir de plus dignes de vous,
Ramasser dans leurs mains l'objet de nos dégoûts ?
Puis, si de ce parfum chez nous le peuple abuse,
C'est d'après votre exemple, et c'est vous que j'accuse ;

Sans vous, comme autrefois nous verrions l'ouvrier

Fumer à la taverne ou bien à l'atelier.

Si maintenant, déchu de l'antique décence,

Sur la publique voie il répand sa licence,

C'est vous qui lui montrez à sortir du devoir,

Et la blouse ne fait que singer l'habit noir.

Composons. Vous aimez la pipe et le cigare :

Je ne regarde point si votre goût s'égare ;

Il suffit que pour vous la chose ait des appas :

A vos félicités je ne m'oppose pas.

Savourez à longs flots votre vapeur aimée,

Imitez les héros, paissez-vous de fumée ;

Mais goûtez vos plaisirs sans nous en faire part,

A notre infirmité daignez avoir égard ;

Fermez de vos faveurs l'écluse trop féconde,

Et songez qu'un fumeur n'est pas tout seul au monde.

BERVILLE.